AQUAMAN
아쿠아맨 7

KB192303

차례

31
작은 시그널

크리스마스가 돌아왔다.
아무것도 하지 않아도
설레는 그런 날,
크리스마스.

하지만 왜일까,
올해는 별로 설레지 않는다.

생각보다
신작이 별로네….

굳이 설레야 하나…?

이제 설레야 한다는 압박도 없다.

나는 나대로 편안히 보내면 되는 거야.

……

…는 사실 다 뻥이다.

나도 데이트 하고 싶다~.

소라는 처음으로 내가 아닌 다른 사람과 크리스마스를 보낸다.

소라

저 이브에 늦참합니다! 데이트... 😭😭😭

최소라가 남친과 크리스마스라니….

외로워~.

성준이는
뭐 하려나….

…나, 성준이도 소라도 없는 세상에서
온전히 살아갈 수 있을까?

....

성준이가 아무도
만나지 않겠다고 했을 때
왜 안도한 거지…?

친구가 행복해 보이지 않는데
나는 왜 안도한 거지…?

내가 지성준한테
친구 이상을 바라는 걸까…?

넌 영원히 내 곁에
있어 줬으면 좋겠어.

난 분명히
내 인생을 찾을 거야.

그래도 넌
언제나 내 곁에 있어 줘야 해.

너무 찌질하고
처절한 본심이다.

외로우니까
보고 싶네….

…난 누구든
옆에 있어 주기만 하면
되는 건가?

연락 한번
해볼까….

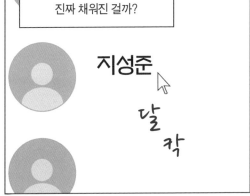

그렇게 해서 채워진 외로움이
진짜 채워진 걸까?

지성준

달
착

지성준

뭐야~.

뭐야~ 지성준~.

심심하다길래~.

헤헤~
뭐 하고 있냐, 너~.

기말이라
일찍 끝나서 집이야.

아…
기말이구나….

아~ 시간
진짜 빠르네~.

너 무슨 일 있어?

그냥~
네 생각나서~.

15

왜애…
진짜로….

됐어~
내가 서울로 가야지~.
다시….

그래그래.

성준아….

응?

너는 내 옆에
항상 있을 거지?

됐다, 됐어~.
크리스마스에 보든가.
끊는다.

뭐?

힘들어도 노력해야지.

혼자 살아가는 것.

소라야, 나는 잘 지내.
너무 걱정하지 말고 있어.

크리스마스에 새로 사귄 친구와 함께 보내기로 했어.
이상한 애처럼 보였는데 좋은 애였어.
역시 사람은 겪어봐야 아나 봐.

이번 크리스마스에도 좋은 일이 일어났으면 좋겠어.
작년에는 소미를 처음 만났잖아?

선물 같은 일, 그런 게 생겼으면 좋겠어.

근데 식당은
이브라 예약을 안 받더라~.

그럼 걷다
꽂히는 데 들어가자.

좋았으~.
내 촉을 믿어라!

믿습니다!

오늘 몇 시까지
간댔지?

오늘 밤에…
나루가 고속버스 타고
온댔거든, 미안….

왜 미안해 해~.

그래도…
더 오래 있음 좋잖아~.

24

그럼 영화 끝나고 톡 해봐~.

응응! 영화 끝나고 소미한테도 연락해 봐야겠다.

소라야, 나는 잘 지내.
너무 걱정하지 말고 있어.

크리스마스에 새로 사귄 친구와 함께 보내기로 했어.
이상한 애처럼 보였는데 좋은 애였어.
역시 사람은 겪어봐야 아나 봐.

이번 크리스마스에도 좋은 일이 일어났으면 좋겠어.
작년에는 소미를 처음 만났잖아?

선물 같은 일, 그런 게 생겼으면 좋겠어.

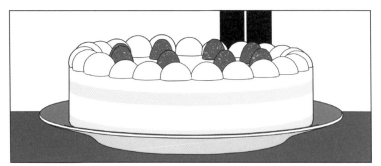

그래도 그럴싸한데?

편지도 썼고….

헤헷~.

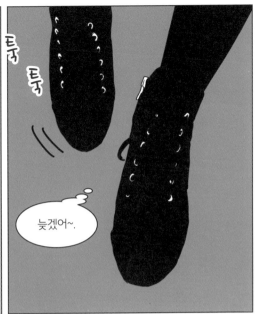

눈이다….

32

크리스마스 선물

주현아, 밖에 눈 와!

오~ 진짜네~.
그럼 화이트 크리스마스다!

그러게!
완전 쏟아지네~.

으~
차 엄청 막히겠다.

눈이 귀찮아지면
어른이 된 거라는데~.

난 군대 있을 때부터
눈이 싫어졌어~.

그렇겠다.
나는 아직 좋은데.

나도 보는 건 좋아.
참, 나루는 연락 왔어?

아, 맞다! 영화 끝나고
폰 한 번도 안 봤네.

근데 성준이 있어서
난 좀 늦게 가도 돼.

성준이는
여자 친구 없어?

성준이는…
아마 만나는 사람
없을걸…?

그래?
학기 중에 만나는 사람
많지 않았어?

아, 그건….

어?!

는 새로 사권 친구와 함께 보
보였는데 좋은 애였어.
어봐야 아나 봐

마스에도 좋은 일이 일어났.
미를 처음 만났잖아?

선물 같은 일, 그런 게 생겼.

헐….

무슨 일 있어?

어… 갑자기 나루가
못 온다는데…?

그럼 소미는?

그니까….

아, 영화 보기 전에
보낸 거네….

우선 소미한테
빨리 연락해봐!

으응….
하… 이미
나갔을 텐데….

뚜
뚜

연결이 되지 않아
소리샘으로…

망했다….
소미, 전화 안 받아!

우선
카톡이라도 남겨 봐.

으응….
전화 한 번만 더
해 보고….

눈이 많이 오네…. 오빠 차 막히겠다….

좀 추운데 안에 들어가서 기다릴까….

그러다 지나치면 어떡해…!

도리

도리

온 지 얼마 안 됐으니까… 기다려 보자….

그래도 겨울이라 케이크는 안전하겠군….

나루 오빠가 아니라면
내가 언제 케이크를
만들어 보겠어~.

핸드폰이 없다는 건
불편하지만
그만큼 로맨틱하구나….

나루오빠랑
만약 잘 안 돼도….

잘 되면 추억이고
안 되면 경험이다.

아냐….
나쁜 생각은
아직 일러…!

빨리 왔으면
좋겠다…!

나루야, 눈 온다!

형이 치사하게 굴었으니 한 판 더 해요.

나루는 감성이 없어….

제 인생에는 감성이 어울리지 않습니다.

미워~.

이리 와서 언능하시죠.

…근데 진짜 안 올라가도 돼?

어딜요?

어디긴~ 그 잘생긴 친구가 꼭 오랬잖아~.

아.

담에 보면 되죠~. 크리스마스기 뭔 대수라고….

흐음….

그 친구는 아니던데….

형!

자꾸 시간 끌지 말고 빨리 하시죠!

아, 알았어….

아… 바보같이
뭐 하는 거지…?

가야겠다….

몇 시나 됐지…?

9:58

소라언니 상세정 4통

…어?

소라언니

소라언니
소미야ㅠㅠ
어다ㅠㅠ
나루가 갑자기 못온대ㅠㅠ
지금 어디야?

아….

여기서 뭐 해…?

형, 진짜 고마워요.

에이, 뭘~.
이 정도 가지고….

눈도
많이 오는데….

천천히 드라이브 한다고
생각할게~.

나중에 짐 가지러
갈거니까 그때 밥 살게요.

크리스마스….

작년에는….

…여기서 뭐 해?

…….

…아.

음… 뭐…
이유가 있겠지.

실은 나도
여기 살거든….

…….

우연이라도
보니까 좋다….

잘 지냈어?

…우연 아니야….

응?

크리스마스 이브에,
오빠 집 앞에서 우연히
볼 리가 없잖아.

나… 오빠 만나려고 온 거야.

날 만나려고…?

계획대로 된 건
하나도 없지만….

그래도…

말하고 싶은 게
있어….

이거…

오빠 주려고
내가 만들었어….

날 주려고…?

응…

…우리가 알게 된 지
벌써 1년이 지났어….

이제… 이런 관계는
서로를 위해 정리하는 게
좋다고 생각해.

왜냐하면….

이걸…
내가 받아도 될까?

응,
크리스마스 선물이야.

고마워….

잘 먹을게….

나는 아무것도
준비 못 했는데….

내가 혼자
멋대로 찾아온 거니까
당연하지….

......

...음...

그럼 나는
케이크도 전했으니까
이만...

아, 으응….

그렇지….
오빠 대답….

나도 너 좋아해.

내가 멋지게 선수 쳤으면
좋았을 걸….

먼저 말해줘서
고마워.

그것도
꽤나 떠들썩하게.

혹시 신나비
유괴 사건이라고 알아?

⋯⋯.

어렸을 때⋯

들은 적 있어⋯
부모님한테⋯.

그러니까…
신나비는 나야.

부모님이 연애 시절부터
지어 두었다는 그 이름을

어쩜~
이름이 너무 예쁘다.

얼굴처럼
이름도 예쁘네~.

주위에선 반대했다고 한다.

그도 그럴 게,
이름으로 놀림도 많이 당했다.

나비야.

이리 날아오너라~!

ㅋㅋㅋㅋㅋㅋ

아싸, 호랑나비~!

야, 하지마!

ㅋㅋ
ㅋㅋ
ㅋㅋ
ㅋㅋ

쏙쏙...

하지만 나에겐 자랑이었고

한 마디씩 해주는 말들이
전부 좋았던 때가 있었다.

그날

기억이 남아 있는 건
학교가 끝나고

해가 질 무렵,
노을이 빨갛게 지고 있던 시간.

아가야.

저… 집에 가는데요?

그러니?
아가 이름은 뭐야?

저는 신나비입니다!

이름도 예쁘네~.

헤헷,
거 봐~

나비, 그럼 아저씨랑
맛있는 거 먹으러 갈래?

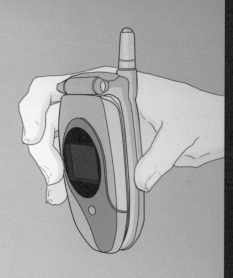

그때 나는
그저 신나고 재밌었다.

학교에 가져가서
친구들의 부러움을
받을 생각과,

엄마에게 받을 칭찬에
신이 났다.

그렇게 바보같이 생각했었다.

자, 들어가~.
여기가 아저씨 집이야.

뭔가 잘못됐다고
느꼈을 때는

이미 잘못된 후였다.

아저씨
무서워요….

저 집에 갈래요….

그날 이후로
며칠이 지났는지

무슨 일이 있었는지

나는 아직까지
기억하지 못한다.

모두 내가 살아온 건
기적이라고….

이제 악몽은 모두 끝났다고 했다.

나도 그럴 줄 알았어….
무사히 돌아왔으니까…
끝났다고 생각했어….

근데 끝이 아니었어.

어린 내가 했던 말 한마디로 기자들이 기사를 써 대서

우리 가족을 괴롭히기 시작했어….

그러니까 그런 일을 당한 게 마치 우리 탓인 것처럼….

처음엔 모든 게
핸드폰 때문이라고 했어.

부모가 좀 사 주지 뭐 했냐.
아이가 욕심이 많다.

그러더니 다음엔
내 특이한 이름
때문이라고 했어.

부모가 튀고 싶어서
애 이름을 이상하게 지어 놔서
표적이 됐다느니…

말도 안 돼….

응, 말도 안 되지….

근데 그랬었어….

범인한테서
동성 성추행 전과가
나오니까

그땐 내가 여자아이처럼
생겨서 그런 거라고 했어.

마치…

내가 거기에 있어서
생긴 일인 것처럼….

그래서…
음… 그냥…

도망치기로 한 거야.

몇 번이나 이사를 가고

이름도 바꾸고

그냥 그대로….

그런데….

그렇게
숨어 버려서인지…

어느 날부터
핸드폰만 보면
그때 기억이 떠올랐어.

이상하지?
사실 그때 기억은
정말 잘려 나간 것처럼
없는데….

어쩐지,
말이 많아진다.

의사가 그러는데
스스로 보호하려고 나오는
방어 기제 같은 거래.

소미 얼굴을 볼 수가 없어.

그래서… 음…
아직도 핸드폰을 보면
울렁거리고 그래서….

소미는 어떤 표정으로
듣고 있을까.

소미 네가 고백해줘서…
정말 고마워….

그치만…
네가 마음을 바꿔도
정말 괜찮아….

나는 평범한 사람이
아니니까….

아마 이것 때문에
계속 문제가 생길 거야.

네가 힘들어 해도
나는 고칠 수 없을 거고….

그러니까….

말해줘서 고마워….

시작도 전에 겁내지 말자.

고마워….

정말로….

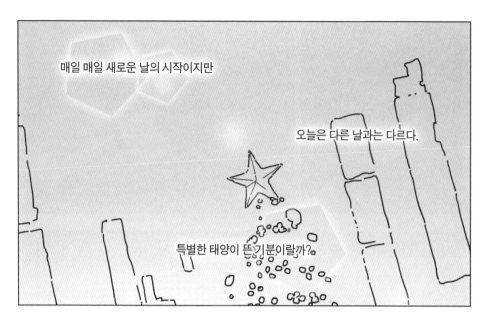

매일 매일 새로운 날의 시작이지만

오늘은 다른 날과는 다르다.

특별한 태양이 뜬 기분이랄까?

밤새 눈이 그쳤네~.

생각보다 따뜻해~.

빨리
봄이 왔으면 좋겠다!

사실 이미 봄 같지만.★

헤헤헤헤

봄봄봄~

찌
잉

신나루!

이보다 더 만족스러운
하루가 있을 수 있을까?

빨리 왔네.

온다 그랬다가,
안 온다고 했다가,
결국 올라오고….

흠~.

뭐, 됐어~.
나도 주현이랑
있었으니까.

성준이 너는?

나도 어제
하루 종일 잠만 자서 뭐~.

뭐야, 둘 다
나 없어도 됐었네~.

참 나~.

…….

아, 저 그리고….

나 소미랑 사귀게 됐어.

으응….

뭔가… 내가 생각한 반응이 아니네….

소미한테 내 과거에 대해서도 말했어.

진지하게 잘 만나 볼게. 너희한테 제일 먼저 말하고 싶었어.

그래, 잘 만나 봐!
소미라면 분명
잘 이해해줄 거야.

으응….

저… 나는 오늘
소미를 만나기로 해서….

아~ 그럼
지금 가?

으응… 미안…
다음에 맛있는 거 사 줄게.

그래~ 잘 만나고….
나중에 어떻게 된 건지
얘기해줘~.

응~ 고마워!
나 올라왔으니까
아무 때나 보자!

그래~ 잘 가!

야, 너 괜찮아…?

나 사실 어제 나루네집 갔었어. 둘이 있는 거 보고 돌아왔어.

그럴 줄 알았어….

……

그건 그렇지만…
둘이 언제 헤어질지도
모르고… 나루가….

소라야.

너 소미가 나루를
진짜 이해할 수 있을 거라고
생각해?

그래도 소미는…

나루는 따뜻한 사람이 아니잖아….

이해하기 쉬워 보이지만 이해하기 어려운 사람이고,

나루는 평범한 사람이 아니야….

······

…나는 소미가
잘할 거라고 믿어….

마음이 편하진 않지만…
우선 둘이 잘 만나길 바라고….

네 마음도 알지만,
너를 위해 나루를 방해하는 건
여전히 최악이라고 생각해.

온전히 나를 위한
일이라고 생각해?

뭐?

소미야~!

오빠!

오래 기다렸어?

아니~
방금 왔어!

스물다섯 살,
크리스마스

케이크
집에서 먹었는데
진짜 맛있었어!

헤헤, 다행이다.
처음 만들어본 건데~.

드디어 연인과
맞이하게 되었습니다.

일류 파티쉐의
손 맛 같았어!

오버쟁이~.

헤헤…
나도 별 건 아니지만….

응?

크리스마스 선물이야.

…이거…
뜯어봐도 돼?

그럼!

최고의
크리스마스 선물이야!

100장도 그려 줄 수
있는데….

오버쟁이~.

정말이지,
너무너무 좋다!

33
연애는 즐거워

그래서 뭘 어쩌겠다고?!

지금까지처럼 나루를 방해해서,

둘을 깨뜨리기라도 하려고?

또 그런다면 난 정말 용서 못 해.

소라야, 그때 안 그러기로 했잖아. 방해 같은 거 안 해.

어? 그, 그럼?

내가 뭘 어쩌지 않아도 소미는 보게 될 거야.

나루가 어떤 애인지.

……

…성준아.

다른 사람은 안 돼?

이 말이
웃기다는 거 알아⋯.

하지만 넌⋯
가진 게 많잖아⋯.

네가 다른 사람
만나서 편안하고
행복해졌음 좋겠어⋯.

친구로서
네가 너무 걱정돼⋯.

나루도 나루지만…
더 불안해 보이는건 너야.

…….

미안….

그렇게 말해도
어쩔 수 없어….

다른 사람은
안 돼.

다른 사람은
나루가 아니잖아….

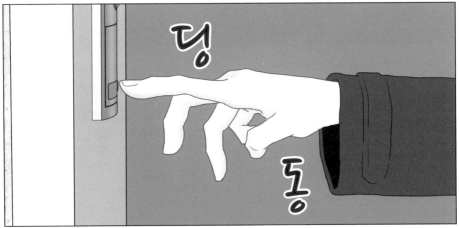

철컥

오빠 왔어?

앗, 으응!

뭐야~
왜 이렇게 놀라~.
들어와!

누군지 확인하고
열어야 하는 거 아냐~?

오빠 올 줄 알았으니까.

그래도~.

네~.

그럼 들어오세용~.

넴!

귀여운 슬리퍼다. ♥

어쩐지 꽃향기가
나는 것 같아~!

오빠, 뭐 마실래?

엇?! 나?
그, 그냥 아무거나….

핫

~ 다시 현실 ~

소미의 자취방에
처음 초대된 게 나라니….

나라니…!

나라니…!

나루 오빠, 안녕하세요.

엇?!

으응…
오랜만이다!

~ 다시 현실 ~

넹~.
어차피 저 알바 가니까
재밌게 노세요~.

사실은 소미와
수민이의 자취방이지만….

금세
다녀오겠습니다!

같이 놀면
좋을 텐데….

하하하!
그럼 안뇽!

오빠, 차 마셔~.

수민아, 알바
잘 다녀와~.

응!

아직 너무
정리가 안 됐지?

그래도
사람 사는 집 같아.

이거
집들이 선물.

선물~?!
뭐 하러~.

Hannah'
Flowe

별 거 아냐~.

엇?

엄청 귀여운
화분이다!

헤에~.

오빠, 고마워~.

마음에 들어서
다행이다~.

성준이가
골라 줬어!

역시~ 성준오빠 센스 최고.★

헤헷.

여하튼 첫 자취 축하해!

응!

아!
불순한 의도는 아니야~!

뭐~? 큭큭큭.

나 뭐라는 거지?

141

아무것도 안 했는데
왜 이렇게 즐겁지?

아무것도 안 했는데
왜 이렇게 재밌는 거야~.

손만 잡고 있어도
시간 가는 줄 모르겠어~.

연애란 게 이렇게 좋은 거구나~.

여러분, 모두 연애하세요~.

으이구….

아! 지금 몇 시지?

지금?

한 시 넘었네~. 왜? 무슨 일 있어?

아, 그건 아닌데⋯ 성준이가 연락 좀 달랬거든~.

아~ 성준 오빠.

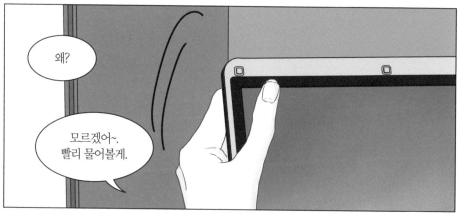

왜?

모르겠어~. 빨리 물어볼게.

아….

소미가
화분 마음에 드는지
궁금해서 그랬대~.

풋, 얘는 꼭 이렇게
생색을 낸다니까~.

황당ㅇㅇㅇ

오빠.

응?

탁

그, 근데 친구들이랑
전화는 자주 안 해!

……

영상 통화도
소미랑만 하는데….

그으래…?

응!

영상 통화는 꼭
나랑만 해!

34

빨간 장미 하얀 장미

부산?!

응! 당일치기로 갔다 올래?

응! 좋지!

근데 갑자기 웬 부산?

아는 언니가 부산에서 전시를 한다는데 오빠도 관심 있을 것 같아서~

응! 나 관심 많아~.

사실 관심 없음.

그럼 언니한테 간다고
말해야겠다~

소미와
부산이라니….

소미와…!

여자 친구와…!

부산이라니…!

엇,

나 너무 느끼해?

다정한 말을 싫어하는
사람은 없어.♥

하하하하

하하하하

157

참, 오빠!
심리 테스트 하나
해줄까?

오빠가
텅 빈 정원에 있다고
생각해 봐.

좋아, 좋아.♥

뭔데?

거기를 장미로
전부 채워야 하는데,

그럼 빨간 장미랑
하얀 장미 중에 어떤 걸로
더 채울 거야?

기간은
넉넉하네~.

기차에서
뭐 먹지~.

기차 얘기하니까
갑자기 설렌다!

까 ♥

나도, 나도!

이런 거 어때?

오, 좋다.

이거랑 소주랑
먹으면 좋겠다.

그니까~
상상만 해도 행복해~.

당일치기라 밥을
많이 못 먹는 게 아쉽다!
네 끼 먹고 와야지!

간식까지
다섯 끼 먹자!

좋아~ 크크크.

하하하하~.

엇?!

오빠?

나 화장실 좀….
마저 검색하고 있어….

풋! 알겠어~
다녀와 크크.

어린애도 아니고~

화장실 갈 때마다 사색이 된단 말이야~.

귀여워. ♥

그때 갔던 밀면집이나 찾아볼까~.

AQUAMAN

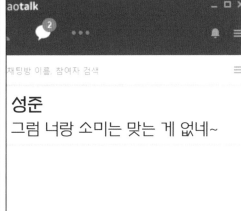

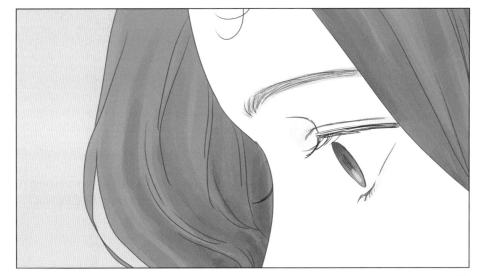

그럼 너랑 소미는 맞는 게 없네~

소미야.

많이 찾았어?

음….

딱히 땡기는 게
없네….

오빠 가고 싶은 데로
가자….

으응, 그래!
내가 많이 찾아올게!

⋯⋯.

뭐지… 왜 흥미를
잃었지…?

오빠,
나 피곤해서 그런데
이만 들어가자….

아, 응!
데려다 줄게!

아냐, 됐어….
나 들를 데 있어.

으응….

아, 맞다.
그래도 소미랑 나랑
둘 다 좋아하는 거 찾았어!

뭔데?

소주.♥

헛소리할 거면
끊는다.

아!

아!

잠깐만!
내가 심리 테스트 하나
해 줄게!

174

싫어, 애냐?

끊는다~.

아아아아아아!

참 나···.

빨리, 빨리!

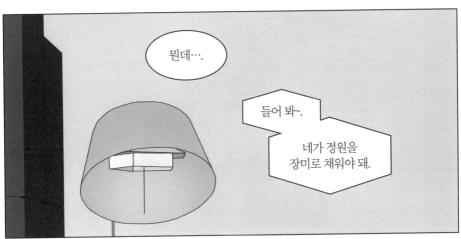

뭔데···.

들어 봐~.

네가 정원을
장미로 채워야 돼.

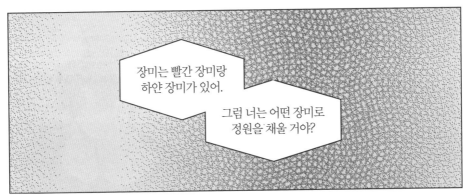

장미는 빨간 장미랑
하얀 장미가 있어.

그럼 너는 어떤 장미로
정원을 채울 거야?

음…

그럼
하얀 장미로만….

쳇…
역시 안 맞군….

결과가 뭔데.

흥~ 됐어.
나 잔다.

뚝!

…뭐야….

나루
보이스톡 종료

……

35

소미 입장

"우리 사귈래?"

이 질문에 대한
답만 들으면
관계가 정리되는 줄 알았다.

관계가 정립되면
각자의 위치로 가서
맡은 바 최선을 다하면
되는 거 아니었어?

"우리 사귈래?"는
관계의 정립이 아니라
시작인 것을…

관계는 계속 계속
노력으로 쌓아가야
한다는 것을…

나만 몰랐어…

머

엉···

너희 관계에서
네 역할은 뭔데?

내 역할…?

그래.
너는 소미를 위해
뭘 하는데?

…그걸 모르니까
내가 지금….

나루 너,
연애에 대한 환상이
너무 심한 거 아냐?

근데 꼭 나루 잘못은
아닌 것 같은데….

그지?!

왜?

그거야~.

소미는 애초에
나루 상황을 다 알고
시작한 거잖아.

주현이와는 소라와
종종 만나는 사이가 되었다.

내가 소미와 사귄 후로는
더 마음을 연 느낌이랄까?

물론 성준이는
절대로 싫다고 안 나오지만….

절대 싫어.

내 말이 그 말이야….
소미는 내가 노트북 쓰는 걸
섭섭해 하더라고….

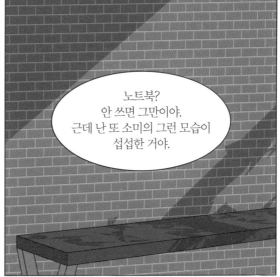

노트북?
안 쓰면 그만이야.
근데 난 또 소미의 그런 모습이
섭섭한 거야.

알고 있다고 해서
무조건 이해를 바라는 건
이기적이야!

흠….
그럴 땐 피하지 말고
더 얘기를 해 봐.

……

난 소미가
나를 덜 좋아해서
그런 게 아닐까 싶어….

…뭔 개소리지…?

크크큭.
근데 난 나루 말,
이해 가.

나도 소라랑 싸울 때마다
그렇게 생각했거든.

그랬어?

옛날엔~.
그때는 내가 우리 관계에
자신이 없었나 봐.

소미와의 관계에서
내가 자신이 없나…?

……

그런 건 아닌 것
같은데….

냉정하게
말해주는 건데…

나루 넌,
좀 더 상대방 입장에서
생각할 필요가 있어.

하지만
성준이가….

지성준 말 말고
소미 말이나 잘 들어.

네가 만나고 있는
소미잖아!

으응….

아, 시간 됐다!
소라야, 우리 가야해.

그래, 나루야.
우린 먼저 간다~.

요 앞 서점 들렀다
걔네 집으로 가기로 했어.

흠… 세 시
약속이랬지?

응!

곧 만나겠네~.
그럼 여기로 오라고
하면 안 돼?

아, 너 괜찮아?

그럼~
오랜만에 성준 오빠도
보고 싶다~.

넷이 만난다는 상상만으로도
행복하다.

내 인생에
가장 소중한 친구들과
사랑하는 사람이라니…!

위 아 더 월드~

하하하하~

하하하~

생각만 해도 쩌는 조합…!

잘 지냈어?

넵, 오빠 안녕하세요~.

여전히 미남이시네요~.

과찬이십니다.♥

보이는 것만 말할 뿐….

뭐야, 너희…

빨리 왔네, 나갈까?

엇!

나루 오빠, 나 물 한 잔만~.

물?

내가 가져다 줄게!

고마워.♥

실은 저, 오빠한테
할 말이 있어서요.

......?

나루 오빠
그만 흔드시라고요.

쪽

흠흠…!

뻥!

모두 시간을 되돌려 돌아가 봅시다.

단서는 그게 다야?

응… 놀라서
바로 꺼버렸어….

흠… 애매하네….

그지…?

섭섭하지만 따질 만한
내용도 아니고….

무엇보다 따지려면
카톡 몰래 본 걸
들키는 거잖아~.

그니까….

빈대 잡으려다 초가삼간 태우는 꼴이야~.

단서를 모으세요.

하지만 혼자 섭섭해하는 것도 답은 아니잖아….

그건 그렇지~.

나루 오빠는 왜 그렇게 성준 오빠한테 다 물어 본대~.

내 말이!

나루 오빠 얘기를 듣고 있으면…

전부 성준이가~ 성준이가.

뭔가 시아버지 느낌…?!

뭔 놈의 시아버지가 저렇게 잘생겼어….

근데 너랑 나루 오빠는 썸이 좀 길었잖아, 그때는 못 느꼈어?

음, 그때는….

나루 오빠가
노트북을 하는 것에
별 불만이 없었거든?

근데 사귀고부터
왜 그렇게 거슬리는지
생각해 봤는데….

썸이여서 내가 더
관대했을 수도 있지만,

그때는 나루 오빠가
정말 필요할 때만
노트북을 썼었어~.

근데 요즘은
성준이가 연락 달래서~

성준이가 뭐 하재서~.

내 친구 미쳤군….

이미 물어 봤는데 성준 오빠가 이제 연애 안 하겠다고 했대….

와아아아아아이이이이이~! 그 남자가 연애 안 하는 건 재능 낭비야!

저한테 그렇게 말하셔도….

그 얼굴 그렇게 쓸 거면 나 주라고 해! 왜 나루 오빠 뒤치다꺼리나 하고 있냐고~!

이제 4학년이니까 취준하고 그러겠지….

힝~.

그래서 나루 오빠한테 말 할 거야?

아, 생각해 봤는데….

나루 오빠한테 말해 봤자 알아듣지도 못할 거고~.

왜애애

애~??

멍청~

그럼 시아버지와 함께 연애하는 거냐?

네가 흔들리는 걸
왜 나루 탓을 해?

……

네?

그거, 네 생각보다
아무것도 아니야.

뭐야…
반응이 왜 이래…

~ 두뇌 풀 가동 ~

우선 지고
들어가자.

저… 제 말은
오빠랑 나루 오빠 관계가
싫다는 게 아니라요….

오빠 조언으로 나루 오빠가
헷갈려 하니까 그런 것만 좀….

부탁드려요!

오늘 못 데려다 줘서 미안해~.

우리 먼저 가 볼게~.

으응…괜찮….

으응~ 연락할게~.

지성준, 가자.

응~.

멍~

소미야, 안녕~.

그리고…

물 정도는
네가 떠 마셔~.

36

라이벌

집에 술 있어~?

아니~.

그럼 최소라나 규진이한테 사오라고 해~.

하아아암

알았어, 피곤하면 애들 오기 전까지 좀 자던가~.

그럴까.

응~ 애들 오면 깨워 줄게.

음….

풀
석

밤에 뭘 했길래
그렇게 피곤해 해~.

소미랑
영상 통화…

이제 밤새지
말아야지….

오늘
소미도 데려오지~.

응?

그, 그래도
되는 거였어?

벌
떡

규진이 빼면
다 아는 사이잖아.

소개도
시켜 줄겸.

아…

…사실은
그런 문제보다는…

너희들이
소미랑 내가 사귀는 걸…

…….
여하튼
좀 불편할까 봐…

성준 오빠가 그래?

응~ 근데 나도
그런 것 같아서….

내가 너무 내 생각만
한 것 같아.

흥….

푸흡! 아 뭐야!

너무 좋다구~.

까닥! 크크큭, 나도~.

아~

근데
나도 부탁할 거 있어.

뭔데?!
할 수 있는 건
다~ 해줄게~.

나 성준 오빠랑
둘이 볼 수 있을까?

응? 왜?

전공 때문에!

취업도 그렇고~
물어보고 싶은 게
있어서.

아하~.

그거야 무지 쉽지~
바로 물어볼게!

응, 고마워.♥

나도
같이 셋이 볼까?

아니.

아, 으응…

띠딩~

소미가
직접 그렇게 말했어?

응… 왜? 싫어?

아, 아냐~.

도와줄 수 있음
도와줘야지~.

헤~

헤헤~
고맙다, 친구야~.
올 소미한테 고급 정보
많이 줘~.

나도 아직 취준인데
무슨 고급 정보겠어~.

그래도~
너희 얘기 끝나면
바로 갈게!

그래그래~.

너희들이
친하게 지내니까
세상 좋다~.

하하하~
나도 좋아~.

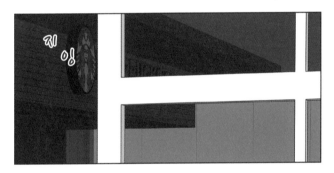

지
잉

누구나 한 번쯤
뒤돌아볼 만한 용모

부드러운 목소리에
다정한 성격.

감사합니다.

알고 지내는 것만으로도
자랑거리가 될만한
1대 스타.

탁!

유소미.

스물두 살.

순한 얼굴과
작은 체구로 받는 오해.

성격도
유순할 것이다.

친구가 말하는 실제 성격.

흠… 소미요?

보기와는 다르게
만만치 않은 친구에요.

과에서
무슨 일이 생기면

음

음

적극적으로
목소리를 내더라고요~.

어떻게
저랑 친구가 됐는지
신기하다니까요~.

하하하

하하~

어쨌든!

#강직함

#고집

할 말은 하고 사는
성격인 거죠!

#현실주의자

#자신감

인생의 모든 결정은
내가 한다.

247

그리고

신나루

모두가 입을 모아
포기하라고 한 남자.

포기란 없다.

근성으로 남자 친구
만들기 성공!

하하하하~

하하하하~

학교도

전공도

친구도

남자친구도

모두 직접 결정했다.

내가 선택한 건
내가 책임진다!

그런데…

남자 친구의 친구는…?

……．

……．

쫄지 말자…
유소미….

내 인생의 고비는
항상 내 힘으로 넘어왔어!

…오빠가
왜 그런 말을 했는지
생각해봤어요.

오빠는 나루 오빠의 오랜 친구니까…

제가 많이 모자라 보일 거라고 생각해요.

……

그래서 걱정하는 마음에서 그러는 거라고 생각해요.

그러니… 노여움을 풀고 저를 받아들이시죠.

두둥

뭐야, 갑자기!

~다시 현실~

하…. 오빠
이제 솔직히 말할 때도
되지 않았어요?

내가 이제 와서
왜 너한테 거짓말을
하겠어~.

?

좋아한다는 게

너한테는
어떻게 들려?

그럼
오빠는 짝사랑…?

응.

맞아.

……

그럼
애초에 형평성이
어긋나는 시작…

유소미, 스물두 살.
인생 최대 고비를 만나다.

나루 오빠
오빠가 불렀어요?

아~

얘기가
빨리 끝날 것 같아서
미리 오라고 했어~.

……,
… 약속도
늦게왔으면서….

아!

주문하시겠어요?

네.

화

르

르 르

륵

자.

어엇!

뭐야, 뭐야~.

뭘 이렇게
많이 시켰어~.

역시
케이크는 초코~

어떻게 내 마음을
따악 알고 시켰냐~.

엇!

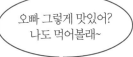

오빠 그렇게 맛있어?
나도 먹어볼래~

그럴래?

아~

냠! ♥

부글

부글

부글

부글

오빠가 주니까
더 맛있다. ♥

신나루.

응?

묻었어~.

278

아 참!
나 다음 주에
짐 찾으러 할머니 댁
가기로 했어.

가는 김에 윤호 형이랑
밥도 먹고 그러게~

아, 그래?
그럼 내가 엄마 차로
데려다 줄게, 같이 가자.

헉, 진짜?
그럼
나야 고맙지~.

감동···!

......

나루 오빠한테 말 못하겠어…
분명 상처받을거야…

나 어떡해야 하지….

……

…저한테
왜 솔직하게
말한 거예요?

이때까지
비밀로 해오던 거
아니에요?

전에는 저를
돕는 척까지
해놓고…

나루 오빠가
알아도 상관없어요?

나루가
너랑 사귀는 바람에
내가 더 이상 할 수 있는 게
없어졌으니까…

…….

<아쿠아맨> 8권으로 이어집니다.

나루 오빠는 치즈!

나루는 초코야.

\\\ 귀여운 커플(?) 이네~,

소미&성준 케미 폭발?!

아쿠아맨 7

1판 1쇄 인쇄 2020년 4월 28일
1판 1쇄 발행 2020년 5월 7일

글 그림 맥퀸스튜디오
펴낸이 김영곤 **펴낸곳** ㈜북이십일 아르테팝
오리진사업본부장 신지원
책임편집 박찬양 **웹콘텐츠팀** 이은지
마케팅팀 최재식 황은혜 김경은
디자인 프린웍스 **교정교열** 이영
영업본부 이사 안형태 **영업본부 본부장** 한충희
문학영업팀 김한성 이광호 **제작팀** 이영민 권경민

출판등록 2000년 5월 6일 제406-2003-061호
주소 (우10881) 경기도 파주시 회동길 201(문발동)
대표전화 031-955-2100 **팩스** 031-955-2151 **이메일** book21@book21.co.kr

㈜북이십일 경계를 허무는 콘텐츠 리더

아르테팝 채널에서 도서 정보와 다양한 영상자료 , 이벤트를 만나세요 !
페이스북 facebook.com/21artepop   트위터 twitter.com/21artepop
인스타그램 instagram.com/21artepop   홈페이지 artepop.book21.com

ISBN 978-89-509-8740-4 07810
책값은 뒤표지에 있습니다.